KB265308

울음의 변천사

도서출판 도훈

박 만 진 시집

도서출판 도훈

시인의 말

내 목소리의 시는

내 시의 지문指紋이다.

짐짓 말씨가 느리고

곁말을 즐겨 쓰는

충청도 사투리의 본향本鄉에서,

시나브로 곁말을 베껴

긁적거리는 일을 하며

그럭저럭 살아가다.

2024년 초여름

박 만 진

제4부 스산 사투리

**존재의 심처深處에서
수묵처럼 번져 나오는 언어 미학**

제1부

충무김밥

뻐꾸기 울고

부춘산 뻐꾸기 운다

멀리서 바라보니
옥녀봉이 산마루 같다

새들이 우는 것은
노래하는 일이다

방학을 맞아 엊그제
서울에서 내려온,

초등학교 5학년과
3학년 아이가
주고받는 말을 들으니

뻐꾸기시계가 아니고
진짜 뻐꾸기가
노래하는 것이라 한다

보이지 않는 숲속에서
제 이름 부르며 울어,

뻐꾸기 참 쉽게 들킨다

서울에 사는 외손녀들이
뻐꾸기 이름을
너무도 쉽게 안다

흥,

어미인 둘째가
사각 티슈를 뽑아

다섯 살배기
외손녀 코를 감싸고

흥,

흥,

흥,

옳지!
옳지!

흥興,

흥興,

흥興,

그래!

그래!

애야!
뜬금없구나

망할 계집애라는 말
다시 하지 마라

5월 즈음

뻐꾸기 울고 꿩 울고

이웃 마을 새벽닭 울고
까치 짖고 개도 짖고

저수지 물 대엿새째
차츰차츰 낮아지고

물가에 백로, 왜가리 몇

왜가리 한 마리 날아들어
물 위를 어슬렁거리고

물고기들 푸드덕거리고

물 반 고기 반이라는 말
예서 듣고 또 보고

황소개구리들 우렁차고

그 누가 황소개구리,
저 합창을 지휘하는지

무논 들녘 짙푸르고

밤나무

봄비가 오면 올수록
더워지는 게야

송이송이 풋 송이
푸른 가시 보아!

여기저기 밤나무,
밥 나무인 게야

밤벌레가 벌레면
밥벌레도 벌레야

생밤도 맛있고
군밤도 맛있고

먹으면 먹을수록
배가 부른 찐 밤,

가을비가 오면 올수록

추워지는 게야

소나무

푸르른 저 바늘잎
무성한 소나무숲 곁에서

더없이 기꺼워하는
잣나무 몇 그루 보아,

솔가지로 부르기도 하는
소나무 가지

소나무는 그 이름과 같이
우공牛公의 나무가 아니네

소나무들과 소들은
아무 관계가 없지만

소들이 소 주인의
어연번듯한 재산이듯이

솔잎 소나무들은

이 산의 미쁜 몫이고

산 주인의 어연번듯한

재산이기도 하네

까치걸음

까치를 보면 풍향계 생각이 난다

개나리, 진달래, 산수유, 목련, 벚꽃이 피기 시작하면
꽃샘추위가 온다

꽃샘바람 반짝 추운,

꽃샘추위는 지난겨울 추위를 꿔서라도 반드시 한다

까치를 지켜보다 까치걸음해 본다

성왕산 뻐꾸기

*참깻잎과 들깻잎의 특이한 향으로 하여 깨밭만큼은 산짐승들의 피해가 없다고 함.

저 산 고라니가 많다고 하네

산토끼를 보면 산토끼와 노닐고
칡덩굴을 보면 칡덩굴을 뜯고

어둑새벽 도린곁 깨밭*까지
이따금 내려오기도 한다는데

다람쥐 쳇바퀴 돌 듯 사는지라
고라니가 노루인 줄 알았네

산마다 소나무숲이 무성해도
소나무 산이라 부르지 않고

저 산 고라니가 아무리 많아도
고라니 산이라 부르지 않네

성왕산 뻐꾸기 제 이름 일컫네

밑줄을 치다

아직도 너는 손뼉을 치며
반딧불이를 쫓아다니느냐

마을 길 코스모스꽃들은
벌써 분단장을 끝냈어라

너는 아직도 맨발인 채로
고추잠자리를 쫓아다니느냐

이 밤도 하늘의 뭇별들은
반짝이는 꿈을 꾼다

저 별은 내 별이고
네 별은 저 별이고

저 귀뚜리 내 귀뚜리
네 귀뚜리 저 귀뚜리

지금 나는 윤동주 시집에
못내 빠져 있고

내 귀뚜리 소리가
열심히 밑줄을 치고 있다

내 고향은 호박꽃

내 고향은 호박꽃

아버지가 계시고
어머니가 계시고

일찍이 시집간 누나
인천, 숭의동에 살고

삐악거리던 동생들
종종거리고

삼거리 방앗간 집에
머슴을 가는 형,

그 형의 뒷모습을 보고
학업을 포기한 나는

찢어질 듯한 가난이나

원망하며 눈물짓고

호박꽃은 내 고향

나비 날아다니고
꿀벌 드나들더니

애호박이 열리고
늙은 호박이 되어

게국지를 끓여놓고
호박죽을 끓이는,

누를황_黃

- 곤포梱包 사일리지

솟값이 오르면
금값이 오르나

허허로운 들녘에
곤포 사일리지
즐번한,

곤포로 포장된
볏짚은,

누렁소의 겨우살이
여물이라네

우리 어렸을 때는
일소를 먹일
쇠죽도 쑤고

이엉을 엮어

지붕을 올리기도
했는데,

눈에 어른거리던
일소도
초가집도 가뭇없네

솟값이 내리면
금값이 내리나

충무김밥

알음알음한 귀동냥으로
알게 된 사실이지만

맨 처음 김을 만든 사람이
김씨라고 하니

김가네 김밥집이
김밥집의 원조 아닐까

혹여 누드김밥이 당근처럼
부끄러움을 아는지 몰라

주먹밥이라는 삼각김밥을
24시 편의점에서 보았네

마침맞게 오징어무침과
깍두기 그 맛을 잊지 못해

길 건너 충무김밥집에 들러

충무김밥을 주문하네

불현듯 옛 지명이 바뀐

경상남도 통영이 아니고

내 젊음 한때 서성거리던

서울 충무로가 생각나네

별들의 이름

하느님이 부르시는 그 이름이 아니고

별들이 부르는 그 이름이 아니고

풀벌레들이 부르는 그 이름이 아니다

카시오페이아, 페르시우스, 안드로메다,

북두칠성, 큰곰, 작은곰, 사냥개……,

밤하늘에 뭇별이 반짝이는 것은

해님이 잘 닦아 놓았기 때문일 테다

구름이 잘 닦아 놓았기 때문일 테다

바람이 잘 닦아 놓았기 때문일 테다

애오라지 사람들이 붙인 이름뿐

하느님이 부르시는 그 이름을 모르고

별들이 부르는 그 이름을 모르고

풀벌레들이 부르는 그 이름을 모른다

해바라기

고흐, 하면 해바라기가 아침 해처럼 떠오르지만

해바라기, 하면 고흐가 떠오르지 않는다

문득 지난날의 시커먼 그을음을 끄곤 심지를 돋우니

청둥오리 몇 마리 잠든 먼 불빛 강물에

그 감감하던 사유가 잠시 흔들리는 것이다

해바라기 온종일 해 바라기를 하며

고흐, 또 다른 고흐를 기다리는 모양인가

저 별은 나의 별, 저 별은 너의 별이라

동구 밖 아이들 기꺼워라 노래하지만

밤하늘 무수한 별들이 그 누구의 별이 아닌 것처럼

해바라기 또한 고흐 해바라기 아니다

해바라기, 하면 고흐가 떠오르지 않지만

고흐, 하면 해바라기가 아침 해처럼 떠오른다

섬은 산이다

섬은 산이다
산이 바다에 갇혀
섬이다

밑바탕부터
바닷물 너울쯤까지
바위다

사나운 파도에도
꿈쩍 않는
섬,

바위를 덮은 흙에
나무숲,
풀숲 푸르고

샘물 가까이
집을 짓고

사람들이 산다

산은 섬이다
섬이 들녘에 갇혀
산이다

조카 자랑

　함박눈이 내리는 창밖을 바라보며 서울 날씨가 궁금
하여 전화를 걸려고 마음먹던 참이네

　이심전심이라고 해야 하나, 마침맞게 큰딸에게서 전
화가 왔는데

　서울에 함박눈이 내리니 고향 쪽 날씨가 되우 궁금
했던 듯싶네

　하기야 서울과 서산은 고속버스로 한 시간 사십 분
쯤 거리,

　지나가는 소나기 아니고는 비가 오면 비가 오고 눈
이 오면 눈이 오겠지만

　함박눈이 내리는 창밖을 바라보며 "야! 함박눈이 온
다"라고 감탄을 하니

“이모! 한 박 눈이 아니고 두 박 눈이야, 저번에도 한 번 왔잖아”

올해 다섯 살 난 녀석이 말참견하는 것이 너무 깜찍하여

“아라야! 한 박 눈이 아니고, 함박눈이야”

“글쎄, 이모! 또 한 번 오면 세 박 눈이야”

마치 바둑 수를 두듯이 응수하는 모양이 어찌나 놀랍고 기가 막히던지

시인인 아버지에게 전화를 드리는 까닭이라고,

마흔 넘어 시집도 안 간 이모 노릇이 조카 자랑하는 일이네

가을비

비행기구름 비행기가 만들지만

새들이 새털구름 만들지 않고

목화밭이 솜구름 만들지 않아

뭉게구름 솜구름이 만들지만

양들이 양떼구름 만들지 않고

조개들이 조개구름 만들지 않아

공장 굴뚝이 먹구름을 만드는 듯

하늘 가득 뒤덮은 구름차일에서

추적추적 가을비 내리는 저녁

제2부

그늘막 덩굴

견쥬

크지도 작지도 않은
온석저수지

한 바퀴 도는 데 8분
걸음 수 900보

물을 가둔 둑이
둑길이 되고

둑길이 오래전부터
둘레길이 된,

새벽녘 일여덟 명이
돌고 돌면서

시간과 걸음 수를
헤아려 본들 무엇하랴,

수문 쪽 저수지 아래

들녘 푸르다

비가 오신다고요?

비가 오신다고요?

기다리고 기다리던
그리운 임처럼
비가 오신다고요?

논밭 메마름쯤이야
들썩여서 무엇해요

우리네 타는 가슴을
촉촉이 적시려고
비가 오신다고요?

하늘에 흐린 먹물을
가득 칠해 놓은 이
누구신가요

비가 오신다고요?

눅눅한 바람 불어

이제 곧

장마전선인데

개구리, 맹꽁이

모두 어디 가고

어찌 다 마른

저수지에

황소개구리만 우는가요

는개 내리고

는개 내리고,

온석저수지 둘레길을 나란히 걸으며 하얀 모자를 쓴
오른쪽 옆얼굴이 이슬캥이 내린다고 하네

이슬캥이는 이슬비의 방언이고 비다운 비는 오는 것
이며 이슬캥이는 내리는 것이라 하네

검정 모자를 쓴 옆얼굴이 안개비 내린다고 하네

안개도 없는데 무슨 안개비?

여우비, 보슬비, 가랑비도 있고 비의 이름이 꽤 많기
도 하다는 혼잣말을 냉큼 삼키네

무거운 먹구름 새벽하늘에 자욱하네

이 가물에 지나가는 소나기라도 한바탕 내려 무거운

먹구름을 풀고 가면 좋으련만,

폭염 주의보 오늘 날씨 뙤약볕 극성이겠네

마른장마 같은 일손 걱정들, 마늘 캐고 감자도 캐야
하는데

모레가 하지夏至네

천근만근

오래전부터
운동 삼아 걷기를 하는데

갓밝이 무렵 오늘따라
천근만근이다

어제 종일 비 온 뒤라
상대 습도가 높은 때문인가

천근만근, 이 무게는
도대체 무엇일까

터덜터덜 집에 돌아와
체중계 눈금을 읽으니

그끄저께 그저께
몸무게랑 같다

눈이 저울이던 어머니라면
혹시 모르겠지만

체중계가 어찌
천근만근을 알 수 있으랴

개심사 소나무
- 유병일 화백

시 낭송가이기도 한
유병일 화백은
소나무 그림을 즐겨 그리네

해미읍성 이웃한
홍천리에 귀촌歸村하여
체리 농사를 짓는,

갤러리에 즐번한 그림들을
서산시낭송회 일행과
찬찬히 돌아보는 참인데

못내 아지랑이처럼
밀레의 「씨 뿌리는 사람」이
피어오르는 것이고

소나무 풍경에 걸음이 묶여
어느 곳 소나무숲일까,

산 이름을 가늠하다가

천년 햇살도 햇살이지만

천년 그 바람을

어찌 모셔 왔을지 끄덕이네

그림자 일기

나와 내 그림자가 무관하다 싶었는데
돌이켜보니 무관치 않게 살아왔네

내 그림자가 앞서거니 내가 앞서거니
내 그림자가 나를 잠자코 뒤따르기도 했네

어둑새벽 운동 온석저수지에 이르러
한 그루 소나무 가지 사이 보름달을 보니

마치 꿈속의 세상, 거울 속의 세상인 듯
한 폭의 동양화같이 그윽하기 그지없네

냉큼 그림 속에 들어선 착각에 빠진,

내가 지금 사람이 아니고 호랑이라면
얼마나 잘 어울릴까 싶기도 한 것이네

문득 달에서 내려온 옥토끼가 아니라

달님에게 소원을 비는 흰 토끼 같은,

아내가 또 다른 그림자임을 깨닫겠네

소중한 인연

산기슭에 서 있는 은사시나무 이파리에서 반짝이는 바람을 보고

물오리 몇, 오후를 즐기는 저수지에서 반짝이는 바람을 보다

오고 가는 누군가의 뺨을 스친 바람이 내 뺨을 스치고 지나가고

내 옷깃을 스친 바람이 지나가는 누군가의 옷깃을 스치고 지나가리니

누군가와 내가 우리가 되는 참 얼마나 소중한 인연인가,

정처 없이 떠도는 구름에서 석가모니 말씀 같은 반짝이는 바람을 보고

소리 없이 흐르는 강물에서 그리스도 말씀 같은 반
짝이는 바람을 보다

그늘막 덩굴

언젠가부터 저수지 둑이 둘레길이 되었고, 어둑새벽
둘레길을 걷고 있는 온지회溫池會 일행들

늘 운동이 끝나면 저수지 정자에 둘러앉아 박수찬가
拍手讚歌* 두 번, 너털웃음 일곱 번에 더없이 기꺼워하네

온석저수지 둘레길 비닐하우스 같은 터널에 한쪽은
조롱박을 심고 다른 한쪽에 수세미랑 여주를 심어 놓았
네

파이프 그물망 타고 그늘막 덩굴, 시나브로 벋어 오
르는 저 푸르름 보아!

조롱박 주렁주렁 열리고 수세미 아직 열리지 않고
여주 겨우 몇 개 열린 것을

여주가 당뇨에 좋다는 말을 솔깃하게 귀담아들었을

손 빠른 누군가가 노랗게 익기도 전에 슬그머니 따 간
모양이네

그래그래, 저 조롱박들 좀 더 자라면 샘물 뜨기 안성
맞춤이고 막걸리 마시기 딱 좋겠네

*박수찬가拍手讚歌: 한서대학교 함기선 총장 작사(아리랑 곡에 붙인)로, 온지회
溫池會 일원이 박수와 함께 부르는 노래.

까치집

새벽 일찍 만 보步 걷기 하네

온석저수지 몇 바퀴 돌고 집으로 돌아오는 오솔길 멀찍이 축구공 같은 모양의 까치집 보아!

은행나무 가지에 한 채, 이름 모를 키 큰 나무에 세 채 아니면 삼 층이지 싶은 까치집이 허허롭네

함께 걷는 선배에게 나무 이름을 물으니 히말리야시더라고 냉큼 알려주네

낯선 이름 서너 차례 우물거리네

문득 히말리야시더의 모국母國이 네팔일 것이라는 생각이 꿈틀거리네

이 마을 어디에 네팔에서 시집온 아낙이 살고 있을지도 궁금하네

누구 혹시 그녀의 어수선한 머리를 보게 되면 까치
집을 지었느냐고 웃지 말게나

무슨 재주로 저리 높은 곳에 마른 나뭇가지를 얹어
집을 지을 수 있는지

서로 얽힌 나뭇가지 하나 움직이면 다른 나뭇가지
모두 따라 움직이는,

사람들과 더불어 살아온 까치가 사람보다 더 집을
잘 짓네

꽁지가 길어 옆바람이 불면 기울어지고 뒷바람이 불
면 꺾이므로 늘 바람 부는 쪽으로 향하는 것을

바람 부는 날 오솔길을 걷다가 하염없는 까치를 지
켜보면 바람 부는 방향을 알 수가 있네

허공

아내와 나

두 식구

벌써 하나님을 모시고

살 나이

만약에 아파트를 팔고

텃밭이 딸리고

집 한 채 지을 수 있는

이백여 평가량

땅을 사게 된다면

구름 흐르고

철새들 날아다닐 수 있는

그 아래

더 아래 아래쯤,

토지 위 허공까지

매수자의 소유라고

부동산

매매계약서

특약 사항에 넣으리라

혹시 이층집 아니면

더 높은 집을 지을지도

모르고

마당 가에 유실수

몇 그루와

히말리야시더를

심어 볼 요량이거늘

이백여 평 땅 위에

이백여 평 허공,

그만큼은 필요할 것이네

바위산 큰 바위

여기저기 아이들 어른들의
주먹만 한 돌멩이,

돌멩이만 한 주먹들 보아!

마치 어깨들의 주먹같이
솔바람처럼 건들거리며

어지러이 날아다닌다거나
자웅을 겨뤄서는 안 돼

저기 저 먹구름 비구름 속
천둥 같은 바위들,

바위산 큰 바위 얼굴 보아!

먼 훗날 번개 칼 물고
우르릉우르릉 들썩이다가

산 아래 아랫마을로

굴러떨어져서는 안 돼

집중 호우

요 며칠 전까지 비는 비일 뿐이지
물이라는 생각을 가져본 적 없었네

비가 와야 물이 흐르고
물이 넘쳐 흐르는 것을

불보다 물이 무섭다는 시쳇말이
오줌 지린 바지춤처럼 엉거주춤하네

물은 불을 끌 수 있지만
불은 고작 물을 끓일 수뿐이,

마치 구멍 뚫린 듯한 하늘에서
먹구름이 쏟아붓는 집중 호우 보아!

비라고 해야 옳지 싶고
물이라 해도 옳지 싶은,

요 며칠 전까지 물은 물일 뿐이지
비라는 생각을 가져본 적 없었네

비바람 부는 날에

1

가없이 드높고 드넓은
저 하늘 한 장을
아파트 창문 크기로야
어찌 다 바라볼 수 있으랴

성왕산 멧비둘기들도
하늘의 별,
반짝이는 별이 되고 싶다고
구구-국 우는 것을

어느 비바람 부는 날에
몇 마리 흑룡이
움직거리는 구름 보았네

2

가없이 푸르고 푸르른
저 바다 한 장을
펜션 창문 크기로야
어찌 다 바라볼 수 있으랴

하늘과 바다가
지구촌 한반도를
세월없이
밤낮으로 감싸고 있어

어느 비바람 부는 날에
몇 마리 청룡이
꿈틀거리는 파도 보았네

뿔

1

이즈막 화가 나면
왜 뿔이 솟는지 몰라

쥐뿔도 모르면서
개뿔은 또 뭐야

중뿔난 그 뿔이 바로
엉덩이 뿔일 거야

2

뿔과 뿔이 겨루는
동물의 왕국에서

뿔뿔이 흩어지는
저 뿔들을 보시게나

코뿔소는 코 뿔이
가장 굳센 무기이고

들소는 들소 뿔이
제법 미쁜 무기이고

산양은 산양 뿔이
곧추세운 무기겠지만

온갖 뿔들 가운데
단연코 으뜸으로는

나뭇가지 모양을 닮은
저 뿔, 사슴뿔일 거야

은행 털기

하늘 시린 날 아침밥 일찍 먹고 대엿새쯤 벼르던 은
행 털러 가네

바로 말로 은행 털이범 아니냐고 눙치는 친구의 우
스갯소리도 유분수가 있지

고작 마당에서 빨랫줄을 받치던 긴 대나무 장대 한
개,

은행銀杏을 주워 담을 수 있는 작은 자루 하나 챙겨
가네

황금빛 은행잎은 부채꼴도 말쑥한데 은행나무 열매
는 왜 구린내가 나고

은행 창구 직원들은 보송보송한데 돌고 도는 지폐에
서는 왜 구린내가 나는지

은행나무를 은행銀行이라 셈 치고 은행銀行을 은행나
무라 셈 치고서

저 우수수 떨어지는 샛노란 은행잎들이 은행권 지폐
라면 얼마나 좋을 것이냐

구더기 몇 꿈틀거리는 해우소解憂所 생각 무릅쓰고
열매가 아닌 은행잎 한 자루 담아

느즈러진 어깨에 둘러메고 저벅저벅 옛집으로 돌아
가고 싶은 깜냥하고는

아무렴, 친구여! 까치가 짖는 헛기침 같은 소리이기
는 하지만 결코 구린내 때문만은 아니네

고라니 한 마리

저마다 이름이 높은 산들은 산신령이 계시다고 하네

산신령이 그 이름을 지었고 뭇사람들이 일컬어 부르
기 시작했다고 하네

하얀 새털 같은 머리칼이며 뭉게구름 같은 수염 떠
올리네

휘파람새 한 마리 어깨에 얹고 바위에 앉아 계실지
도 모르겠네

어둑새벽 오솔길을 걷고 있는데 후다닥 숲속으로 달
아나는 무엇,

노루 아니고 사슴은 더더욱 아니고, 이 늦가을에 배
가 고플 고라니가 분명한데

쏜살같은 일이라 잘 모르기는 해도 어미 같기도 새

끼 같기도 한 것이

잽싸게 뒤쫓아 보고 싶기는 해도 숨이 차 더 오를 수
없는 곳쯤에 이르면

다람쥐 아니면 떡갈나무로 변신해 있을지도 모르고,

산신령이 고라니가 되어 내려왔다가 고라니로 올라
가 산신령이 되었지 싶은 것이네

제3부

울음 벌레

일식 日蝕

누구 혹시 두 시진 넘게

입맞춤해 본 적 있는가?

달이 해를 가렸다고

모쪼록 들썽거리지 마라

까치발선 달의 입맞춤에

해도 질끈 눈을 감았다

별

캄캄한 지구촌을 위하여

하나님이

밤하늘에

불을 켜놓은 것뿐인데

사람들은

너나없이

별이라 이름 지어 부르네

펭귄 2

푸르른 하늘
날 수 없어

남극 바닷물 속을 훨훨 날아다니는,

너희 속내를
내 어찌 모르겠느냐

울음 벌레

오른쪽 귀에서 울던 울음 벌레가

잠시간 풀숲에 놀러 간 모양이다

한글날

시월은, 十月이다
時月이다
詩月이다

오호라! 오늘이 한글날
달밤 달빛이
한층 밝구나

30분가량, 지나

서울역에서

장항선 열차를 타고

천안역을 지나면서부터

마음은 벌써

집에 가 있었다

홍성역에서

서둘러 내려

개찰구로부터 100미터쯤 거리에

직행버스 한 대와

완행버스 한 대가

막차로 기다리고 있어

단거리 선수처럼

뛰어야만 했다

가까스로 직행버스를 타고

서산 정류장에 도착하여

집에 들어서면

30분가량, 지나

밤 12시,

통금 사이렌 울렸다

시린 눈빛에

사진 속에서 바라보는
내 키 자그마하다

사진 밖에서 바라보는
그 키 자그마하다

바라보는 들녘 풍경에
한층 더 자그마하다

거울 속에서 바라보는
내 키 자그마하다

거울 밖에서 바라보는
그 키 자그마하다

바라보는 시린 눈빛에
한층 더 자그마하다

어슷썰기

일혼세 해 설날
다음다음 날에
떡국을 먹고 체했다

울 엄니
만두를 다 빚으시고
어슷썰기 하던
새해 덕담에서

흰 떡국 한 그릇
먹으면
한 살 더 먹는다는,

눈웃음 주름을
떠올리며
모름지기
울컥했던 모양이다

울음의 변천사

갓난아기였을 때 기억 전혀 없지만 응애응애 울어
본 적 있었을 게야

코흘리개였을 때 기억 희미하기는 해도 앙앙 울어
본 적 있는 듯싶어

학창 시절 기억 모람모람 새롭기는 하지만 엉엉 울
어 본 적 있었던 게야

시쳇말로 황소 같은 눈에서 닭의똥 같은 눈물 뚝뚝
흘리며 울었던 것 같아

누군가를 좋아하고 사랑하기 시작하면서 몸에서 마
음으로 옮겨 울었던 게야

돌이켜보면 소설처럼 영화처럼 이루어질 수 없는 사
랑 때문인 듯싶어

아홉수인 예순아홉에 이르자 다시금 마음에서 몸으로 옮겨 울고,

언어 장애도 아니면서 꿀 먹은 벙어리처럼 듣기만 하던 귀가 우는 게야

이명耳鳴이 골치 아픈 병이라더니 깊은 밤이면 더 크게 우는 것 같아

지금 나는 다른 사람이 듣지 못하는 내 귀의 울음을 온전히 듣고 있는 게야

옛 말씀 빌려

내가 내게 시를 읽어주려고
시집 몇 권쯤 뒤적이다가

책상 위에 올려놓은
문예지 몇 권 들춰보는데

두견새 우는 우리나라에
시인들이 그다지 많고

시인 지망생들 또한
못내 그리도 많은 것이냐

집집이 굴뚝 모두 사라져
연기조차 볼 수 없으니

울 엄니 옛 말씀 빌려
끼니나 거르지들 않고 사는지,

잠시간 YTN 뉴스를 보다가

TV조선 채널로 돌리니

미스트롯 재방송이

바로 전에 시작한 모양으로

뻐꾹새 우는 우리나라에

가수들이 저다지 많고

가수 지망생들 또한

어찌 저리도 많은 것이냐

혈연血緣

올해 내 나이 일흔일곱으로
얼마나 더 살는지 알 수 없지만

쉰 몇 살에 돌아가신 아버지를
저세상에 가서 알아볼 수 있을까

세월이 없는 저세상에서는
나이를 먹지 않는다는데

이승에서의 부자지간 혈연처럼
아버지를 아버지라 부를 수 있을까

핏줄이 당기는 이승에서의 혈연조차도
저승에서는 새털처럼 가볍다는데

아버지 뒤쫓아가신 어머니를
저세상에 가서 알아볼 수 있을까

밤낮이 없는 저세상에서는

팔다리 없이 날아다닌다는데

이승에서의 모자지간 혈연처럼

어머니를 어머니라 부를 수 있을까

덧없는 세월

시계 약이라고 부르기도 하는
작은 건전지 하나 끼워주면

벽시계는 째깍거리며
뛰어가기도 걸어가기도 하는데

혈압약을 먹어야 하고
혈당 약을 먹어야 하고

오줌조차 제대로 누려면
전립선 약을 먹어야 하고

바깥나들이를 할 요량이면
인공눈물도 넣어야 하고

흘러간 세월보다 흘러갈 날들이
더 쏜살같을까 봐

뛰어가지 못하고
잠자코 걸어갈 따름이지만

하루하루를 곧추세우고
살아가는 것만도 다행으로,

걸음아! 날 살려라
도망치지 않으마

눈곱

하루하루 눈을 뜨면
어릴 때처럼
눈곱이 끼네

일흔다섯까지
그렇지가 않았는데
지난해부터야

어둠의 딱풀이지 싶은
양쪽 속눈썹의
눈곱을 떼네

나이를 먹으면
먹을수록
아이가 된다고 하지만

일회용 인공눈물을
점안點眼하는

몇 년 후 무렵에

쥐엄쥐엄 하다가
배냇짓을 하는
갓난아기 되어

만리포 파도 소리
자장가 들으며
저승에 들, 요량인가

주전자와 물병 같은

숟가락이 밥맛 국 맛을 모르는 것처럼
젓가락도 김치인지 나물인지 모를 거야

어렸을 때 젓가락질이 되우 서툴러
아버지로부터 꾸지람을 듣곤 했어

바야흐로 여든이 몇 해 남지 않았으니
세 살 버릇 여든까지 가는 게 아니라
여든까지 오는 것이라 해야 옳지 싶네

아침저녁 끼니때마다 숟가락과 젓가락이
밥상 위에 가지런하니 얼마나 정겨운가

어려서부터 젓가락질을 배운 한국인들이
지구촌에서 제일 머리가 좋다고 하네

제 몸을 낮추 낮춰 모두를 비워주는
주전자와 물병 같은 이웃들의 이야기,

가슴 뭉클한 이야기에 가슴을 적시면

눈자위에 인공눈물을 넣는 것보다

얼마나 초근초근하고 좋은가를 알겠네

1967년

– 박재삼 시인

박재삼 시인의 서른다섯 해가 바로 1967년이다

1965년에 발표한 남정현 작가의 단편소설 <분지糞
地>가 북한 정치 잡지에 재수록되면서 반공법 위반으로
구속되고,

그 공판을 지켜보던 어느 날 쇼크로 말미암아 고혈
압이 치솟아 병원에 입원하게 되었다

그때 혈압의 수치 260mmHg, 다행히 1주일 후 보행
이 가능했으나 전세에서 사글세로 옮겨야 할 만큼 생활
형편이 어려웠다

문교부가 주는 '문예상'을 수상하였고, 신작시 「신바
람 나는 그 피리가」 외 1편을 발표하였다

박정희 대통령 재선,

방영웅 작가가 《창작과 비평》에 장편소설 『분례기
糞禮記』를 발표하는 등 김수영 시인이 '문단추천제도 폐
지론'을 주창하였으며,

레바논 수도 베이루트에서 아시아 · 아프리카 작가
회의가 열렸다

다람쥐 녀석

가으내 숨겨둔 도토리, 상수리, 밤톨 등을 찾을 수가
없어 며칠 전 겨울잠 갓 깬 다람쥐 녀석이 배가 몹시 고
픈 모양이네

언젠가부터 텅 빈 고향 마을 옛집에 사는 어르신 한
분이 하루에 한 번씩 때맞추어 견과류를 주곤 하는데

꼭꼭 숨겨둔 그 고까운 것들을 찾지 못한 다람쥐가
고마운 인사인지 어디선가 발갛고 예쁘장한 낙엽 세 잎
을 감쪽같이 물어다 놓는 것이네

다정다감한 누군가의 책갈피에 꽂아놓기 마침맞은
낙엽 세 잎이 천 원짜리면 삼천 원인 셈이고 만 원짜리
면 삼만 원인 셈이겠지만

소슬한 가을바람에 우수수 떨어졌을 나뭇잎이 여기
저기 지천으로, 참 발갛고 예쁘장한 낙엽 잎잎이 다람쥐
세상의 어연번듯한 돈인 듯싶네

제4부

스산 사투리

스산 사투리

서산 사람을 일컬어 "아부지 돌 굴러가유", 라고 애꿎게 놀리지 마라

서산 사투리는 서산이 아니라 스산이다 아버지가 아니라 아부지다 지팡이가 아니라 지팽이다 돈이 아니라 둔이다 호주머니가 아니라 글랑이다 잔등이가 아니라 장뎅이다 마루가 아니라 말래다 무가 아니라 무수다 배추가 아니라 배차다 부추가 아니라 졸이다 개구리가 아니라 깨구락지다 게가 아니라 그이다

충청도 스산 말씨는 느긋하고 느슨하고 여운이 있고 편안하다

소고기는 먹어도 되고 돼지고기는 먹어도 된다 염소고기 먹어도 되고 닭고기 먹어도 되고 오리고기 먹어도 되고 토끼고기 먹어도 되고 말고기 먹어도 되고 개고기는 안 된단다

바로 말로 보신탕집 하나둘씩 문을 닫는, 못내 그 상
황이 아쉬워서 하는 말이 아니라

오랜만에 만난 친구가 오늘이 말복이 아니냐고 웃으
며 "개 혀?", 단 두 글자로 은근슬쩍 물어오는 것이다

울 아부지

아부지 돌 굴러가유—, 충청도 스산 사람 빗대어 웨 그리들 놀려대넌지 물르겠슈

아무레두 나 들으라구 허는 말 같어서 가슴이 찡허구 아푸구먼유

어짜피 끌루기루 헌 보텡이니께 이참에 몬지 앉은 옛말을 들쳐 보것슈만

가난이 웬수라 머언 산을 보구 한숨짓던 아부지, 울 아부지가 불쌍허여 일찍암치 대핵교 꿈을 접었구유

해병대에 지원 입대허여 무슨 전쟁 소설을 쓰것다구, 무슨 큰 둔을 불겄다구 월남전에 지원허여 참전헀었쥬

귀국허구 나서야 지는 비로서 아부지가 돌아가신 사실을 알었슈

느닷읎이 뒤통수를 맞은 듯 하늘이 무너지구 땅이 꺼지는 것만 같었슈

아 글쎄, 돌인 베 되게 큰 돌인 바위였데유

그 쩍만 헤두 위암이란 암두 큰 바위와 마창가지루 울 아부지 원퉁허게두 위암이란 큰 바위에 깔려 돌아가셨슈

아부지 돌 굴러가유—, 이눔이 머나먼 월남 땅에 있었기 땜에 말은 느려두 알려드리지 뭇헸구 행동은 빨러두 막어드리지 뭇헸슈

워쨌든 지는유 아부지 임종조차 지키지 뭇헸으니 증말루 불효자로구먼유

나는 내가 아니다

박만진은 박만진이 아니다 그러므로 나는 내가 아니
다 어림짐작 가늠하면 한 살 터울의 내 형일지도 모른다

울 엄니 비록 까막눈이셨지만 시나브로 어릴 때 귀
에 딱지가 앉도록 하시던 말씀 그대로라면,

분명 나는 정해년丁亥年 돼지띠이고 윤달 이월 스
무닷새에 태어났으니 음력 470225 아니면 양력으로
470416이어야 하거늘

누구의 생년월일인지 모를 460325로 말미암아 나 아
닌 내가 나이보다 한 살을 더 먹은 것이다

초등학교 입학에 즈음하여 마을 이장里長 어르신의
도움을 빌려 잘못 올린 출생신고인 줄도 모르고 저세상
으로 돌아가신 부모님을 철이 들어 못내 원망도 했다

이를테면 마을 이장 어르신이 울 아버지에게서 건네

받은 침 바른 연필 글씨, 그 쪽지를 어디에 잃어버린지
도 모르고

읍사무소 가는 길가 선술집에 들러 막걸리 한잔 자
시다가 그만 깜빡 잊어버리곤 가까스로 찾아낸 기억이
1946년 3월 25일인 셈이다

그러저러하여 강의료를 받을 때나 원고료를 받을 때
마다 한 살을 더 올려 적을 수밖에 없는 것은 속이려고
속이는 것이 아니다

박만진과 박만진은 동명이인同名異人이다 박만진의
지갑 속에는 언제나 박만진이 아닌 박만진의 주민등록
증이 들어 있다

사과 한 개쯤

늦가을에 과수원을 지나다가 무르익은 사과가 먹음
직스럽다고 생각하는 것은 잘못이 아닐 거야

사과나무 사과 가운데 한 개쯤 몰래 따고 싶다는 생
각이 죄가 될지 안 될지 모르겠지만 마음의 간음도 간음
이니 마땅히 죄가 될 거야

그끄제 새벽 일찍부터 사과나무에게 사과를 하고 싶
은데 자못 머뭇거려지는 것이

오얏나무 아래에서 갓끈을 고쳐 매지 말라고, 그 깜
냥도 모르고 누가 도둑이라고 소리치면 어쩌나

사과나무에게 사과해야 할지, 과수원 주인에게 사과
해야 할지 잘 모르는 까닭이기도 하지만

갑자기 장대비 내리고 천둥이 울고 번개 치는 어느
날, 전지전능하신 하나님께 무릎을 꿇고 간절히 기도하

면 용서가 될까

붓날리며 들썽거리다가 몰래 딴 사과 한 개를 사과
나무에게 돌려주려고 멈칫거릴 양이면

사과나무가 그보다 더 크고 예쁜 사과 한 개를 내 마
음의 손에 쥐여줄지 모른다는 생각이 사과 속 흰 벌레처
럼 꿈틀거리는 거야

그 끝,

사람과의 관계는
끝이 좋아야 해
그 끝, 뒤끝이지

뒤풀이 술자리도
마찬가지인 게야

우리 몸 가운데
살뜰히 챙겨야 할
나름의 끝이 있으니

맨 먼저로 치면
혀끝인 게야

붉은 두 입술과
가지런한 이가
달싹거리기는 하지

손끝에 손톱,
발끝에도
발톱이 있으니

며칠에 한 번씩
꼭 깎아줘야 해

자칫 손끝과 발끝
까맣게 잊고

늪기슭 악어처럼
게을리하면

수릿과 새와 같이
갈고랑이로
변하게 될지도 몰라

돌고 돌아

제발 돈, 돈, 돈, 하지 마라

돌고 돌아 돈 아니냐

돼지를 길러 목돈을 쥐었다고 이웃 마을 노총각 누구는 숫제 입을 귀에 걸고 다니더라

일찍이 천자문을 깨우친 어르신들은 윷놀이 말판을 쓸 때마다 번번이 도를 볶자고 하더라

도가 돈豚, 돈이 도라고

돼지를 일컫는 돈 아니냐

돈육豚肉 한 근 끊으시오, 라고 동부시장 입구 정육점에서 틀니를 달각거리는 노인 본 적 있다

지난 세월의 돈사豚舍에 돼지 몇 마리쯤 키워 본 사람은 꿀꿀거리는 그 참뜻을 잘 알리라

배고프다고 꿀꿀거리고,

반갑다고 꿀꿀거리고,

고맙다고 꿀꿀거리고,

벌러덩 누워서도 꿀꿀거리더라

꿀맛 같은 낮잠 자고 일어나 개숫물도 꿀맛으로 술술 들이키더라

사람이 돼지를 가장 많이 닮고 돼지가 사람을 가장
많이 닮았다더라

부모 유산을 고스란히 물려받은 김 아무개,

강원랜드 카지노에 들락거리더니 빈털터리 알거지
가 되었다더라

정동진 앞바다에 몸을 던지려 했지만 모진 목숨 차
마 끊지 못하고

먹장구름을 보고 킬킬거리다가 어질어질 돈 때문에
돌았다더라

부디 돈, 돈, 돈, 하지 마라

돌고 돌아 돈 아니냐

말거리

갑자기 캄캄해지고,
우박이 쏟아지고,
장대비 내리고,
천둥이 울고,
번개가 치고

황소의 되새김질이듯
이런 말을 해도,
다시 해도 좋을지

불에 불을 붙이듯 하면
안 될 거야
물에 물을 따르듯 하면
괜찮을 거야

자칫 말이 말 되어
걸려 넘어지든가
깨진 달걀 꾸러미처럼

노른자위 흰자위가

범벅이 되지는 않을지

눈에서 귀가

떡잎처럼 돋아나고

귀에서 눈이

떡잎처럼 돋아나기를

우뚝 선 콧날이듯

중심 바로 세우고

한쪽 말이 아닌

양쪽 말을 들어봐야지

오천 년 계단

서산 제일감리교회 지나

부춘산 옥녀봉 길 옆,

제일 높은 계단 위에 단군전이 있네

단군전에 단군이 계신지 안 계신지

문득 궁금하기도 했네

유구한 역사 오천 년 계단마다

어연번듯한 왕들이 다스렸겠네

어느 날 부여행 일행과 함께

백제문화단지 사비왕궁에 들렀었네

의자왕이 없는 용좌龍座에

잠시간 앉아 있으니

용좌가 아니라 의자일 뿐이었네

천수만 북서쪽 도비산

부석사 안양루 마당
열두 계단쯤 올라 대웅전을 찾았네

몇 년 전 대마도에서 돌아온
금동관음보살좌상이 어디 계신지
주지 스님에게 미처 묻지 못했네

용좌龍座에 앉아

　백제의 별궁 연못 부여 궁남지에서 가시연꽃, 어리연꽃 그리고 이름 모를 연꽃들을 찬찬히 둘러보았네

　대한민국 월남참전자회 서산지회, 우리 일행의 다음 목적지는 백제문화단지 백제의 궁궐이네

　예비역 중령 이상범 지회장이 맨 위쪽 중앙 높이에 자리한 의자왕 용좌에 한번 앉아보라고 손짓하면서 잇따라 스마트폰 카메라로 회원들의 사진 한 컷씩 찍어주네

　바야흐로 방금 내가 앉은 자리는 용좌, 아니 용좌가 아니라 의자일 따름이네

　좌우지간에 이 몸이 의자에 앉아 있으니 의자왕이 아니냐고 너스레 한바탕 떠네

　역사를 거슬러 올라 백제 의자왕이 성충과 흥수의

말에 귀 기울였더라면, 단연코 좌장군 은상과 계백 장군
을 잃지 않았을 것이라고 신라의 원효 대사처럼 중얼거
리네

까마귀 날개들이 하늘을 뒤덮는다면

본디부터 새까마니 까마귀 성씨는 그렇다고 해도 하필이면 이름이 마귀가 뭐냐

이를테면 잡귀란 셈이니,

눈꺼풀과 귓구멍이 없는 뱀이라면 혹시 몰라도 어찌하여 사탄이란 말이냐

세월없이 검정 옷을 걸친 까닭에 마귀라 하는 것이냐

까마귀가 효조孝鳥라는 것쯤 잘 알고 있을 테지만, 정녕 겉 희고 속 검은 이는 너뿐인* 것을 모르느냐?

오늘도 검은 정장正裝 그대로인 채로 건넛마을 상갓집을 찾아 까옥까옥 조문弔問을 하려는 것이냐

오로지 개처럼 짖어댈 수밖에 없는 까치도 깍깍 깍 흰 와이셔츠에 검은 정장 차림이 아니냐

나뭇가지 위에 둥지를 틀고 알을 낳기로는 매 마찬가지일 텐데 사위四位에 까마귀 집은 어디 있느냐?

하필이면 내가 어리보기라서 깜깜한 것이냐

까치가 짖으면 반가운 손님이 온다고 초겨울 감나무에 까치밥을 남겨두기도 하지만 과수원의 피해쯤이야 어쩌겠느냐

언젠가부터 해조害鳥와 길조吉鳥의 자리매김도 바뀌
지 않았느냐

혹시라도 까마귀 날개들이 먹구름처럼 하늘을 뒤덮
는다면 이승의 낮이 지옥의 밤보다 더욱더 캄캄할 것을

검은 비, 검은 울음이 쏟아져 내려 노아의 홍수가 다
시 올지도 모르겠구나

*조선 개국공신 이직李稷이 지은 시조 〈가마귀 검다 하고〉의 종장終章.

가시 걸린 말을 삼키지 못하고

말의 씀씀이에 요금이 매겨진다면 어떨까,

며칠 전 잔소리가 많은 사람을 보고 잠깐 그런 생각
한 적 있다

수돗물처럼 말을 아껴 쓸 수는 없을까,

전기처럼 말을 아껴 쓸 수는 없을까,

손전화처럼 말을 아껴 쓸 수는 없을까,

말의 씀씀이에 저울의 눈금이라든지 전기 계량기같
이 숫자가 돌아간다면 어떨까,

할 말만 하는 꼭 필요한 말은 요금이 붙지 않고

다른 사람을 즐겁게 하는 말은 요금이 붙지 않고

누군가를 업신여기는 말이거나

쌍스러운 욕지거리에 무거운 요금이 매겨진다면 좋
을 듯싶은,

그나저나 강아지라는 말은 개의 새끼를 일컫기도 하
고 어린 자식이나 손주가 귀여워 이르는 소리이기도 한
데

어찌 가량할지 고심할 수밖에 없지만서도

말의 씀씀이에 요금이 두려워서가 아니라

말하는 입이 자칫 더러워질 수도 있으니

쌍욕들을 마구잡이로 하지 말아야지

바로 말로 개새끼라 불끈거리는 욕지거리에 무거운
누진세를 붙여

언어 장애인들은 물론이고 가슴앓이하는 사람들에게

겨울 나라 벙어리장갑 같은 따뜻한 복지를 베풀면 안
될까

하릴없는 일상에서 나 역시도 좋은 뜻의 거짓말을 이
따금 하게 되는데

거짓말을 할 줄 모른다는 거짓말을 앞세워

다른 사람들을 감쪽같이 속이는 사기꾼들에게

무겁고도 무거운 과징금을 물려

우리말, 우리글을 좀 더 갈고 닦고 조이고 기름칠하
면 안 될까

조을대전趙乙代傳
- 귀동냥하다

조선조 광해 신유년, 나라님의 실정과 오랜 가뭄, 지방 관원들의 폭정과 약탈로 백성들의 생활은 피폐하다 못해 도탄에 빠졌다 민심 이반과 민중 반란이 이르는 곳마다 우후죽순이듯 일어나 지방 관아를 피습 공격하거나 방화로 불태우는 등 성난 백성들의 봉기에 조정에서마저 불안에 떨었다 그 무렵 충청도 땅 태안군 이원면 바닷가 작은 마을에 고기잡이를 업으로 하는 한 사람이 살고 있었다 관향은 평양이요 성은 조, 이름은 간侃이고 자는 을대라 하였다 범상치 않은 얼굴에 부리부리하게 빛나는 눈, 구릿빛 피부에다가 기골이 장대하여 그 힘 또한 역발산인 지라 고기잡이를 해도 다른 어부들에 비해 언제나 갑절을 더 잡았다 많은 사람들이 그를 가리켜 장사라 일컬었으며, 또한 그는 근면 성실하여 달밤에도 바다에 나가 고기를 잡았다 물때가 좋은 날이면 그물을 둘러메고 어둑어둑한 바다에 나가 밀물을 기다리며 바닷가에 누워 얼마 동안 휴식을 취하곤 했다 그럴 때면 언제나 밤바다에서 활동하는 도깨비들이 왁자지껄 떠들다가도 그가 누워 있는 모습을 보고는 쉬쉬하며 "조

장군께서 쉬고 계시니 혼쭐나기 전에 조용조용히 지나가자"라며 슬금슬금 피해 가는 것이었다 그 장면을 몇 차례 지켜보며 기이한 생각이 들기도 했지만 "도깨비들의 장난이 다 그렇지 뭐!"라고 끌끌 혀를 차며 대수롭지 않게 여겼다 그러저러하여 조정에서는 전국 곳곳에서 산불처럼 번지는 민중 반란에 불안해하며 대책 없이 걱정하던 중에 문무백관이 임금에게 민란의 실상과 나라가 위기에 처했음을 고하고 그 대처 방안을 물었다 그러나 무능한 임금은 만사가 귀찮다는 듯 "경들이 좋을 대로 하구려"라고 대꾸하고는 조회를 뜨자 우둔한 문무백관들은 하나같이 조을대라는 사람으로 하여금 처리하라는 어명으로 알고 전국 방방곡곡에 파발을 놓아 수소문하여 조을대라는 사람을 찾게 하였다 알음알음하여 충청도 땅 태안군 이원면 바닷가 작은 마을에 살고 있는 조을대라는 이름을 가진 기골이 장대한 젊은 어부를 찾아 조정으로 데려가 임금에게 알현시켰다 "전하! 전하께서 하명하신 조을대를 대령시켰습니다"라고 아뢰니 임금이 그의 인물 됨됨이에 매우 흡족해하며 "지체 말고

장수로 임명하여 민란을 평정케 하라"라고 명하였다. 아무런 영문도 모르는 채 물러나온 조을대가 자신이 작금의 민란에 중책이 맡겨져 있음을 깨닫고는 소수의 병마를 거느리고 제일 험악한 민란 지역으로 내려가 단기 필마로 혼자서 그곳의 수장을 만났다 "나는 그대들을 정벌하기 위해 내려온 진압군의 장수가 아니요 오로지 어명을 받고 지방 관원들의 폭정과 억압 그리고 약탈을 일삼아 백성들을 도탄에 빠트린 지방 관원들과 토호를 응징하여 민생고를 덜어주기 위하여 특명을 받고 내려온 사람이오 여러분들은 결코 반역이 아니고 탐관오리들의 폭정과 행패에 살기가 힘들어 봉기한 사실을 잘 알고 있으니 모두 창과 칼을 거두고 사랑하는 가족들이 있는 곳으로 돌아가 논밭을 갈고 씨앗을 뿌리기 바라오 내가 이렇듯 간곡히 부탁하거늘, 그래도 만일 어명을 어기고 만용을 부리는 자가 있다면 내 결코 용서치 않을 것이오"라고 회유 설득하자 성난 군중들이 뿔뿔이 흩어져 모두가 양민으로 돌아갔다 그 후 민중 반란은 가는 곳마다 피 한 방울 흘리지 않고 평정하였으며, 그 공으로 참

진무원종공신參振武原宗功臣 벼슬에 올랐고 인조 을축년에는 왜군을 격파하여 승전한 공으로 이등훈어매장군二等勳御捊將軍이 되었다 끝내 그는 왜적으로부터 빗발치는 화살을 맞고 전사했는데, 그가 타던 명마 또한 많은 화살이 꽂힌 채로 주인의 시신을 등에 얹고 주인의 고향인 충청도 땅 태안군 이원면까지 달려가 기력이 다하여 죽었다 그곳 마을 사람들이 장군의 시신을 정성껏 안장한 다음에 그 묘지 옆에 나란히 말의 무덤을 만들어주었다 그 이후부터 마을 이름을 사창리라 불렀으며, 평양 조씨 종중산에 모신 조 장군의 묘와 그 옆의 마총馬塚을 마을의 수호신으로 섬기며 정성껏 제사를 지내 오고 있다

해설

존재의 심처深處에서 수묵처럼 번져 나오는 언어 미학

유 성 호 (문학평론가, 한양대학교 국문과 교수)

존재의 심처深處에서
수묵처럼 번져 나오는 언어 미학
– 박만진의 시세계

유 성 호
(문학평론가, 한양대학교 국문과 교수)

1. 우리 시대의 중심을 새롭게 세워가는 장인匠人

박만진 시인의 새로운 시집 『울음의 변천사』(도훈, 2024)는 시인 스스로의 표현처럼 "짐짓 말씨가 느리고/ 곁말을 즐겨 쓰는/ 충청도 사투리의 본향本鄕"(「시인의 말」)을 보여주는 언어적 집성集成으로 우리에게 다가온다. 이 살갑고도 소중한 언어적 굴착 의지는 그로 하여금 우리 시대의 중심을 새롭게 세워가는 장인匠人으로 등극하게끔 해주는 힘이 된다. 대개의 훌륭한 서정시는 자신만의 개성적인 언어와 상상력을 통해 일상에 편재한 불모성을 치유하고 위안해주는 따뜻함을 품고 있는데, 박만진의 시가 그러한 하나의 원형에 해당한다고 할 수 있을 것이다. 아닌 게 아니라 그는 풍경과 시간을 충실하게 담으면서 뭇 생명의 모습을 매우 친근하게 보여줌으로써 우리로 하여금 오랜 기억을 되살리게끔 해준다. 아득한 기억과 사랑의 힘이 결속하면서 그러한 서정의 파문이 아름답게 펼쳐져 가는 것이다.

이러한 경향은 이번 시집에서 더욱 선명하게 나타나면서 박만진의 시가 삶의 심층에 대한 지극한 애착으로 번져가는 모습을 담고 있다. 특별히 이러한 기억과 사랑의 에너지는 시인으로 하여금 자신의 시 쓰기를 지속하게끔 하는 든든한 힘이 되어준다. 그 세계의 귀일점이야말로 그만의 시적 지남指南을 가능케 해준 둘도 없는 동력이었을 것이다. 우리는 이러한 사유와 감각이 그려낸 파동을 품으면서 존재의 근원으로 흘러가게 된다. 그 흐름 안에 상상력을 비끄러매어 삶을 지탱해가는 시인의 그림자를 아늑하게 느끼면서 말이다. 어쨌든 박만진 시인은 오랜 길 위에서 자신의 미학적 성층成層을 가다듬으면서 서정적 순간의 빛과 그림자를 노래해 간다. 이제 박만진 시인이 건네는 이러한 심층적 사유와 기억의 한 정점을 만나보도록 하자.

2. 풍경과 시간을 향한 결곡한 시선과 필치

근원적으로 말해 서정시는 시인이 스스로를 탐색하고 성찰하는 이른바 자기 확인의 예술 양식이다. 그 점에서 서정시의 원천적 창작 동기는 자기 탐구의 과정에 있다고 볼 수 있다. 이때 그러한 본원적 자기 탐구를 가능하게 해주는 힘은 오랜 시간 두텁게 축적된 시간의 마디일 것이다. 박만진 시인은 지나온 시간을 형상화하려는 의지에서 시쓰기를 시작하면서 스스로의 경험에서 유추할 수 있는 형상을 담아가는 데 궁극적 목표를 둔다. 그것은 풍경이나 시간을 다양한 원형적 이미지로 표현하는 데서도 나타나지만, 풍경이나 시간 자체가 품고 있는 고유한 물질성에서 비롯되기도 한다. 이처럼 사물과 기억의 유추적 결합을 지향할 때 박만진의 시는 한결 섬세하고 빛나는 언어 감각을 보여준다. 다음 작품에 반영된 언어 감각을 먼저 만나보기로 하자.

섬은 산이다
산이 바다에 갇혀
섬이다

밑바탕부터

바닷물 너울쯤까지

바위다

사나운 파도에도

꿈쩍 않는

섬,

바위를 덮은 흙에

나무숲,

풀숲 푸르고

샘물 가까이

집을 짓고

사람들이 산다

산은 섬이다

섬이 들녘에 갇혀

산이다

- 「섬은 산이다」 전문

그러고 보니 섬은 바다의 산이요, 산은 뭍의 섬이 아
니겠는가. 시인의 독자적 명명법에 의하면 산이 바다에
갇혀 '섬'이 되고 섬이 들녘에 갇혀 '산'이 된 것이다. 섬
은 밑바탕부터 바닷물 너울까지 우뚝하여 사나운 파도

에도 꿈쩍 않는 바위를 닮았다. 그러니 그 위로 "나무숲/ 풀숲"은 푸르게 자라고 사람들도 샘물 가까이 집을 짓고 살지 않겠는가. 그렇게 섬은 산이 되고 섬사람들은 어느새 산사람이 된다. 가장 아름답게 솟아 "하루하루를 곧추세우고/ 살아가는"(「덧없는 세월」) 원형 심상으로서 '섬'과 '산'이 가지는 간결하고 집약적인 형상이 박만진의 시처럼 온화하고 형형하기만 하다.

오래전부터
운동 삼아 걷기를 하는데

갓밝이 무렵 오늘따라
천근만근이다

어제 종일 비 온 뒤라
상대 습도가 높은 때문인가

천근만근, 이 무게는
도대체 무엇일까

터덜터덜 집에 돌아와
체중계 눈금을 읽으니

그끄저께 그저께

몸무게랑 같다

눈이 저울이던 어머니라면

혹시 모르겠지만

체중계가 어찌

천근만근을 알 수 있으랴

—「천근만근」 전문

　'천근만근'은 마음이 걱정으로 인해 무겁거나 몸이 이상으로 인해 무거울 때 흔히 쓰는 표현이다. 시인은 오래전부터 천천히 걷는 운동을 해왔는데, 오늘따라 동틀 무렵 자신의 몸이 천근만근임을 느낀다. 물론 어제 하루 종일 비가 와서 그 습도 때문에 그럴 수도 있지만, 갑자기 찾아온 천근만근의 무게는 무엇일까, 시인은 더 깊이 생각해 본다. 집에 돌아와 잰 체중은 얼마 전과 동일하니, 오늘 경험한 '천근만근'은 체중계 눈금으로 잴 수 있는 몸의 하중이 아니라 "눈이 저울"이었던 어머니라면 아실 수도 있었을 마음의 무게였을 것이다. 이 또한 삶의 가장 구체적인 국면을 통해 일상에 불현듯 찾아오는 미세한 징후를 포착하는 박만진 시인의 섬세한 언어 감각이 빛을 발하는 순간을 담은 사례이다. 그리고 어머니의 눈을 가져온 부분에서는 "울 엄니 옛 말씀 빌려"(「옛 말씀 빌려」) 이야기를 전개해가는 아들의 마음이 다시 한번 곡진하게 농울치고 있다 할 것이다.

우리가 박만진의 시를 접하면서 느끼게 되는 것은 이처럼 그가 삶을 중시하는 시인이라는 사실이다. 일상에서 접할 수 있는 말을 서정적 문맥으로 가져와 거기에 자신만의 경험을 얹는 그의 시선과 필치는 크나큰 신뢰에 값하고도 남음이 있다. 그만큼 독자들을 친화력 있는 삶의 공통 경험으로 이끌어 들이는 흡인력을 가지면서, 그의 시는 스스로 겪은 남다른 삶의 너비와 깊이를 민활하게 함유해간다. 오랫동안 쌓아온 경험의 내질內質은 진정성 있는 삶을 향한 하염없는 마음으로 이루어진 것이고, 그만큼 그의 시는 풍경과 시간을 향한 결곡한 시선과 필치에서 발원하고 완성되는 세계라고 말할 수 있을 것이다.

3. 인생론적 성찰의 깊이를 제시하는 미학적 지도

두루 알다시피 서정시 한 편, 한 편은 삶의 완성을 꿈꾸는 관념의 결실이 아니라 늘 새로워지는 변화의 흐름에 놓인 자신을 성찰해가는 과정적 실체일 것이다. 박만진 시인은 자신이 항구적으로 견제하게 될 실존적 지향에 대한 단단한 성찰의 과정을 시로 써간다. 이번 시집은 이러한 시인의 의지와 태도와 작법이 놀라운 일관성으로 담긴 성과인데, 그의 시에는 시인 자신의 절실한 경험은 물론 어떤 대상을 향한 한없는 매혹의 마음이 흐르고 있다. 이를 두고 우리가 보편적 동일성 원리라고 불러도 좋고, 박만진만의 서정적 반추 과정이라고 명명해도 좋을 것이다. 그 점에서 박만진의 시는 시인과 독자 사이의 경험적 소통을 전제로 한 친근한 말 건넴이요, 인생론적 성찰의 깊이를 독자들에게 제시하는 미학적 지도로서의 매혹을 이어가는 세계일 것이다.

아내와 나
두 식구
벌써 하나님을 모시고
살 나이

만약에 아파트를 팔고
텃밭이 딸리고
집 한 채 지을 수 있는
이백여 평가량
땅을 사게 된다면

구름 흐르고

철새들 날아다닐 수 있는

그 아래

더 아래 아래쯤,

토지 위 허공까지

매수자의 소유라고

부동산

매매계약서

특약 사항에 넣으리라

혹시 이층집 아니면

더 높은 집을 지을지도

모르고

마당 가에 유실수

몇 그루와

히말라야시더를

심어 볼 요량이거늘

이백여 평 땅 위에

이백여 평 허공,

그만큼은 필요할 것이네

– 「허공」 전문

이 넉넉한 인생론 시편은 그 자체로 '시인 박만진'의 성정性情과 지향을 응축적으로 보여준다. 시인은 "아내와 나/ 두 식구"가 아파트를 팔아 단출하게 "텃밭이 딸리고/ 집 한 채 지을 수 있는/ 이백여 평가량/ 땅"을 사게 될 때를 상상해 본다. 그 땅을 매입할 때 매매계약서 특약 사항으로 시인은 "구름 흐르고/ 철새들 날아다닐 수 있는/ 그 아래/ 더 아래 아래쯤"은 물론 "토지 위 허공까지" 자신의 소유로 쓰겠다고 다짐한다. 구름과 철새가 오가는 허공에 높은 집을 지을지도 모르니까 말이다. 마당가에 심을 몇 그루 유실수와 히말라야시더까지 생각하면 "이백여 평 땅 위에/ 이백여 평 허공"이야말로 필수 재산 요목이 아닐 수 없는 것이다. 그렇게 허공에 집을 짓고 생명을 키우려는 시인의 마음은, 몸과 마음의 짐을 내려놓은 채 홀가분하고 자연스럽게 살아가려는 가난하고 외롭고 높고 쓸쓸한 계획으로서 손색이 없다. 그것은 "누군가와 내가 우리가 되는"(「소중한 인연」) 소중한 과정을 구체화하는 아름다운 선의의 마음일 것이다.

갓난아기였을 때 기억 전혀 없지만 응애응애
울어 본 적 있었을 게야

코흘리개였을 때 기억 희미하기는 해도 앙앙

울어 본 적 있는 듯싶어

학창 시절 기억 모람모람 새롭기는 하지만 엉
엉 울어 본 적 있었던 게야

시쳇말로 황소 같은 눈에서 닭의똥 같은 눈물
뚝뚝 흘리며 울었던 것 같아

누군가를 좋아하고 사랑하기 시작하면서 몸에
서 마음으로 옮겨 울었던 게야

돌이켜보면 소설처럼 영화처럼 이루어질 수
없는 사랑 때문인 듯싶어

아홉수인 예순아홉에 이르자 다시금 마음에서
몸으로 옮겨 울고,

언어 장애도 아니면서 꿀 먹은 벙어리처럼 듣
기만 하던 귀가 우는 게야

이명耳鳴이 골치 아픈 병이라더니 깊은 밤이면
더 크게 우는 것 같아

지금 나는 다른 사람이 듣지 못하는 내 귀의 울

음을 온전히 듣고 있는 게야

— 「울음의 변천사」 전문

시집 표제작이기도 한, 이 시편은 '울음'이라는 가장 처연하고 눈부신 현상 혹은 작용에 대한 탐구서이다. '변천사'라는 제목답게 그 울음의 양상은 "갓난아기였을 때"에서 시작하여 '코흘리개', '학창 시절'을 지나 노경老境에 이르는 시간의 흐름을 담았다. 백석白石은 흰 당나귀 울음소리를 '응앙응앙'으로 상상했지만, 박만진은 어릴 때 울음을 '응애응애', '앙앙'으로 표현하고 있고, 학창 시절 울음에서는 '엉엉' 하면서 닭의똥 같은 눈물 흘리던 기억을 떠올린다. 그것은 누군가를 사랑하기 시작하면서 동반했던 "이루어질 수 없는 사랑"의 울음이었던 것이다. 아홉 수인 예순아홉에 이르러 이제는 마음에서 몸으로 옮겨 울고, 시인은 듣기만 하던 귀가 우는 '이명耳鳴'을 경험하고 있다. "다른 사람이 듣지 못하는 내 귀의 울음"에 다다른 것이다. 이처럼 박만진 개인사에 담긴 울음의 변천은 시간의 흐름을 따라 여기까지 왔다. 자연스럽고 누구에게나 평등한 시간의 흐름이 그 저류底流에 흐르고 있을 것이다.

이처럼 박만진 시인은 시간의 굴곡을 따라 펼쳐지는 스스로의 삶에 대한 해석적 사유를 진행하여 삶의 의미

와 가치를 에둘러 묻는 작업을 꾸준히 진행한다. 말하자
면 삶에 대한 예민한 자의식으로 시집을 출렁이게 하면
서, 언어의 도구적 기능을 넘어 삶을 해석하고 생성해내
는 언어 작용을 실천하고 있다. 이 점, 매우 자각적이고
귀환적인 발견 욕망을 보여주면서 인생론적 성찰의 깊
이를 독자들에게 제시하는 미학적 지도로서의 서정시
를 이루어가는 시인의 모습이 아닐 수 없을 것이다.

4. 시인으로서 필연적으로 가지는 치열한 언어적
자의식

다음으로 우리는 박만진 시인의 '말(언어)'에 대한 경
험과 사유를 만나볼 수 있다. 이는 시인으로서 가지는
언어적 자의식이라고 칭할 수 있을 것이다. 특별히 시인
은 토착어에 대한 강한 의지를 가지고 있는데, 이때 '토
착어vernacular'란 평균적 공식 언어가 아니라 지역에서
현재형으로 쓰이고 있는 살아있는 말을 의미하고, 지역
어라는 의미 외에도 살아있는 언어의 원형을 뜻하기도
한다. 우리 현대시의 고전들도 토착어에 의한 문학적 정
화精華가 여럿 남아 우리말을 풍요롭게 만들어주고 있지
않던가. 박만진 시인은 충남 지역어의 완벽한 재현과 활

용을 통해 다양한 언어의 수평적 공존이 얼마나 중요한
것임을 알게 해주고 있다.

　　서산 사람을 일컬어 "아부지 돌 굴러가유", 라
고 애꿎게 놀리지 마라

　　서산 사투리는 서산이 아니라 스산이다 아버
지가 아니라 아부지다 지팡이가 아니라 지팽이다
돈이 아니라 둔이다 호주머니가 아니라 글랑이다
잔등이가 아니라 장뎅이다 마루가 아니라 말래다
무가 아니라 무수다 배추가 아니라 배차다 부추가
아니라 졸이다 개구리가 아니라 깨구락지다 게가
아니라 그이다

　　충청도 스산 말씨는 느긋하고 느슨하고 여운
이 있고 편안하다

　　소고기는 먹어도 되고 돼지고기는 먹어도 된
다 염소고기 먹어도 되고 닭고기 먹어도 되고 오
리고기 먹어도 되고 토끼고기 먹어도 되고 말고기
먹어도 되고 개고기는 안 된단다

　　바로 말로 보신탕집 하나둘씩 문을 닫는, 못내
그 상황이 아쉬워서 하는 말이 아니라

오랜만에 만난 친구가 오늘이 말복이 아니냐

고 웃으며 "개 혀?", 단 두 글자로 은근슬쩍 물어오

는 것이다

– 「스산 사투리」 전문

서산瑞山에서 태어나 살아가는 시인은 그곳의 살아 있는 언어 즉 '스산 사투리'로 한 편의 시를 완성하였다. 이 느긋하고 느슨하고 여운이 있고 편안한 "충청도 스산 말씨"는 "제 몸을 낮추 낮춰 모두를 비워주는/ 주전자와 물병 같은 이웃들의 이야기"(「주전자와 물병 같은」)를 담기에 맞춤한 언어라 할 것이다. 시인은 그곳에서 발화되는 어휘를 "서산이 아니라 스산이다"에서 시작하여 '아부지/ 지팽이/ 둔/ 글랑/ 장뎅이/ 말래/ 무수/ 배차/ 졸/ 깨구락지/ 그이'로 숱하게 나열해간다. 모두 표준어 권력으로부터 자유로운 변방 언어요 비표준화의 훌륭한 사례들일 것이다. 마지막으로 개고기를 두고 "오랜만에 만난 친구가 오늘이 말복이 아니냐고 웃으며 "개 혀?", 단 두 글자로 은근슬쩍 물어오는 것"에서 '스산 사투리'는 유머러스한 독보적 아우라Aura를 확보한다. 이처럼 시인은 변방에서 "중심 바로 세우고"(「말거리」) 있는 것이다.

프랑스 시인 말라르메는 시인이라는 존재를 일러

'부족방언의 예술사'라고 정의하였다. 이는 시인이 모어
母語를 최대한 세련화하여 구성원들에게 인지적, 정서적
감염을 선사하는 존재라는 뜻을 품고 있다. 그만큼 부
족방언의 풍요로움은 시인이 발굴하고 성취해야 할 가
장 중요한 목표인 셈이다. 우리는 언어의 표준화가 가지
는 효율성과 통합성에 충분히 동의하지만, 그에 못지않
게 살아있는 토착어들을 보존하고 문학적 형상의 중요
한 자원으로 활용하는 일이 얼마나 중요한지를 박만진
시편을 통해 절감하게 된다. 그리고 다음은 누구나 말을
많이 쏟아놓는 세태에 대하여 비판 의식을 견지하면서
말의 바른 쓰임새를 암시한 명편이라 할 것이다.

> 말의 씀씀이에 요금이 매겨진다면 어떨까,
> 며칠 전 잔소리가 많은 사람을 보고 잠깐 그런
> 생각 한 적 있다
> 수돗물처럼 말을 아껴 쓸 수는 없을까,
> 전기처럼 말을 아껴 쓸 수는 없을까,
> 손전화처럼 말을 아껴 쓸 수는 없을까,
> 말의 씀씀이에 저울의 눈금이라든지 전기 계
> 량기같이 숫자가 돌아간다면 어떨까,
> 할 말만 하는 꼭 필요한 말은 요금이 붙지 않고
> 다른 사람을 즐겁게 하는 말은 요금이 붙지 않고
> 누군가를 업신여기는 말이거나

쌍스러운 욕지거리에 무거운 요금이 매겨진다
면 좋을 듯싶은,

그나저나 강아지라는 말은 개의 새끼를 일컫
기도 하고 어린 자식이나 손주가 귀여워 이르는
소리이기도 한데

어찌 가량할지 고심할 수밖에 없지만서도

말의 씀씀이에 요금이 두려워서가 아니라

말하는 입이 자칫 더러워질 수도 있으니

쌍욕들을 마구잡이로 하지 말아야지

바로 말로 개새끼라 불끈거리는 욕지거리에
무거운 누진세를 붙여

언어 장애인들은 물론이고 가슴앓이하는 사람
들에게

겨울 나라 벙어리장갑 같은 따뜻한 복지를 베
풀면 안 될까

하릴없는 일상에서 나 역시도 좋은 뜻의 거짓
말을 이따금 하게 되는데

거짓말을 할 줄 모른다는 거짓말을 앞세워

다른 사람들을 감쪽같이 속이는 사기꾼들에게

무겁고도 무거운 과징금을 물려

우리말, 우리글을 좀 더 갈고 닦고 조이고 기름
칠하면 안 될까

-「가시 걸린 말을 삼키지 못하고」 전문

시인은 "말의 씀씀이"가 과한 이들에게 일침을 가하고 말을 덜어낼 것을 권면한다. 말의 총량에 요금을 매긴다면 어떨까 하고 생각해 보게 된 것은, 얼마 전 누군가의 잔소리를 접하고서부터였다. 저울 눈금이나 전기 계량기처럼 숫자가 돌아간다면 사람들은 아마도 수돗물이나 전기나 손전화처럼 말을 아껴 쓰게 될 것이다. 그렇게 "할 말만 하는 꼭 필요한 말", "다른 사람을 즐겁게 하는 말"에는 요금을 붙이지 말고 "누군가를 업신여기는 말", "쌍스러운 욕지거리"에는 무거운 요금을 매기면 어떨까를 시인은 상상해 보는 것이다. 험담이나 욕설에 "무거운 누진세를 붙여" 그것으로 말이 필요한 사람들에게 복지를 베풀고 "거짓말을 할 줄 모른다는 거짓말을 앞세워" 다른 사람을 속이는 이들에게는 "무거운 과징금을" 물리자고 한다. 그러면 "우리말, 우리글을 좀 더 갈고 닦고 조이고 기름칠"하는 데 정성을 기울이지 않을까 하는 것이 시인의 소망이다. 최소, 최량의 말로 듣는 이들의 마음을 울리는 일이야말로 '시인'으로서의 존재론을 이루는 가장 중요한 요건이 아니겠는가. 결국 이 시편은 "천년 햇살도 햇살이지만/ 천년 그 바람을/ 어찌 모셔 왔을지"(「개심사 소나무 ―유병일 화백」) 모를 신성한 말을 찾아 '시인 박만진'의 내공이 더욱 깊어져 갈 것을 예감케 하는 작품이라 할 것이다.

이렇게 시인은 표준어로는 불가능한 것을 살아있는 토착어로 표현하기도 하고, 많은 말들이 무의미하게 부유浮遊하는 현상에 대해 비판적 의식을 보이기도 한다. 토착어의 보존과 활용을 우리 시의 중요한 자산으로 삼아가는 그의 태도와 작법은 우리말의 무한한 가능성을 보여주는 데 기여할 것이다. 그만큼 시인 자신이 나고 자란 곳의 언어는 우리말의 질과 양을 채워주는 반갑기 그지없는 재부財富일 것이기 때문이다. 또한 말이 많아지는 세태에 대해 최소한의 말로 최량의 전언傳言을 건네려는 절제된 의식을 보여준 시편 역시 값진 성과라 할 것이다. 이 모든 것이 시인으로서 필연적으로 가지는 치열한 언어적 자의식에서 가능했던 셈이다.

5. 한 시대의 고통과 마주 서는 따뜻한 안목과 표현

그런가 하면 박만진의 시는 가파른 시간의 흐름이라는 순차적 원리에 의해 쓰이면서도, 지난날로의 회귀와 역사적 성찰이라는 책무를 잊지 않는다. 이는 그가 과거를 한껏 미화하는 편향의 시인이 아니라 지난날의 역사를 통해 삶의 불가피한 형식을 승인하고 그로부터 규정되는 삶의 한계를 응시하는 인생론적 시인임을 알려주는 또 하나의 지표일 것이다. 특유의 예술적 자의식과 함께 주변적 존재자들에 대한 짙은 연민과 애정 그리고 타자들에 대한 심도 있는 관찰과 해석을 수행함으로써 박만진 시인은 애잔하고 융융한 서정적 기억의 문양들을 우리에게 남겨준다. 이제 우리는 다양한 역사적 존재자들을 향한 그의 따뜻한 시선과 강렬한 예술적 자의식이, 허술한 자기 위안의 언어가 범람하는 시대에 진정한 미학으로 기억되리라고 생각해본다.

박재삼 시인의 서른다섯 해가 바로 1967년이다

1965년에 발표한 남정현 작가의 단편소설 <분지糞地>가 북한 정치 잡지에 재수록되면서 반공법 위반으로 구속되고,

그 공판을 지켜보던 어느 날 쇼크로 말미암아 고혈압이 치솟아 병원에 입원하게 되었다

그때 혈압의 수치 260mmHg, 다행히 1주일 후 보행이 가능했으나 전세에서 사글세로 옮겨야 할 만큼 생활 형편이 어려웠다

문교부가 주는 '문예상'을 수상하였고, 신작시

「신바람 나는 그 피리가」외 1편을 발표하였다

박정희 대통령 재선,

방영웅 작가가 《창작과 비평》에 장편소설 『분
례기糞禮記』를 발표하는 등 김수영 시인이 '문단추
천제도 폐지론'을 주창하였으며,

레바논 수도 베이루트에서 아시아·아프리카
작가 회의가 열렸다

- 「1967년 -박재삼 시인」 전문

이 의외로운 작품은 박만진 시인의 역사적 투시 역
량이 얼마나 깊고 광활한지를 약여하게 보여주는 실례
이다. 실증적 복원 의지로 충일하게 재구再構된 시점은
1967년, 시인 박재삼(朴在森, 1933~1997)이 서른다섯 살 때이
다. 그 두 해 전 박재삼은 남정현(南廷賢, 1933~2020)의 단편
「분지糞地」가 반공법 위반으로 필화를 겪었을 때 그 동
갑내기 작가의 공판을 지켜보던 중 쇼크를 받아 고혈압
으로 입원하였다. 이어 박재삼은 생활 형편이 극도로 어
려워졌다. 1967년에 박정희는 대통령으로 재선되었고,
방영웅(方榮雄, 1942~2022)의 걸작 장편 『분례기糞禮記』가
발표되기도 했다.

시인이 소환한 박재삼, 남정현, 방영웅, 김수영의 문학은 가난과 저항으로 꿰어져 있다. 그리고 「분지」와 『분례기』의 공통점이 '똥[糞]'에 있듯이, 시인은 한 시대의 진창과 마주 선 작가들에 대한 적정한 예우를 갖추고 있다. 특별히 충남 출신 두 분 소설가의 삶과 언어를 수습함으로써 역사의 생명력과 비극적 운명을 동시에 환기하고 있다. '문단추천제도 폐지론'이나 '아시아·아프리카 작가회의'는 주류 문학의 흐름에 대한 강력한 균열과 항의가 담긴 순간을 기록한 것이라고 볼 수 있다. 그러니 '1967년'과 '박재삼 시인'은 우연한 병치가 아니라 한국문학을 향한 '주변으로부터의 중심'을 암시적으로 강조하는 박만진 시인의 목소리를 담은 표현이었던 셈이다. 이렇게 시인은 역사의 한순간을 향한 따뜻하고도 지속적인 시선과 필치를 하염없이 보내고 있다. 다시 한번 강조하거니와 이러한 시편은 현실을 투시하는 안목과 미학적 갱신이라는 스스로의 요구를 결합한 결실일 것이고, 타자들의 고통에 스스로 연루됨으로써 한 시대의 고통과 마주서는 따뜻한 안목과 표현을 보여주려는 의도의 산물일 것이다. 시인은 그러한 기획과 실천을 가장 깊은 심저心底에서 완성해가고 있다.

6. 시적 진경進境을 보여주는 큰 시인으로

잘 알려져 있듯이, 서정시는 지나온 시간을 다시 불러들여 항구적 현재형으로 각인해가는 독특한 경험 형식의 언어적 구성물이다. 자연스럽게 그것은 현재에도 지속적으로 경험되는 과거의 기억으로 몸을 바꾼다. 이러한 이중성 곧 흔적으로서의 과거형과 충만함으로서의 현재형이 서정시의 두 기둥을 이루고 있는 것이다. 따라서 그 원리는 존재의 연속성을 포착하는 서사敍事와도 다르고, 시간을 멈추어놓고 사물의 외관을 재현하는 서경敍景과도 다른 서정抒情이 되는 셈이다. 박만진 시인은 과거가 되어버린 시간을 불러오면서도 그 안에서 충만한 현재형의 원리를 일관되게 보여준다. 그 과정이 사물에 얼비치는 눈물처럼 겹쳐지는 장면들은 매우 아름답고 구체적이다. 그리고 이러한 시세계는 존재의 심처深處에서 수묵처럼 번져 나오는 언어 미학이자 사물을 정성으로 수습해가는 에너지의 물리적 흔적이기도 할 것이다.

박만진의 새로운 시집 『울음의 변천사』는 특유의 함축적 언어와 상상력을 통해 우리로 하여금 일상적 삶에서는 불가능한 존재 전환을 꾀하게끔 해준다. 시를 읽는 동안 독자들은 물리적 현실을 벗어나 전혀 다른 존재 방식으로 이동할 수 있을 것이다. 이때 상상적으로 구현되는 우리 삶의 방식은 탈脫 일상의 원심력을 통해 바깥으로 나아갔다가 다시 구체적 실존으로 귀환해오는 과정을 어김없이 밟아갈 것이다. 이러한 서정시의 원심력과 구심력이 수없이 교차하는 과정은 시인 자신의 경험에서 궁극적 자기 발견의 순간을 허락하고도 남을 것이다. 이렇게 완성도 높은 시집 간행을 마음 깊이 축하드리면서, 앞으로도 더욱 아름답고 완미한 시적 진경進境을 보여주는 큰 시인으로 남아주시길 소망해 본다.

서정의서정 8
울음의 변천사
ⓒ 박만진, 2024

지은이_ 박만진

발 행 인_ 이도훈
편집기획_ 유수진
교   정_ 김미애
펴 낸 곳_ 도서출판 도훈
초판발행_ 2024년 6월 5일

사무실_ 서울시 서초구 법원로3길 19, 2층 W109호
        (서초동, 양지원빌딩)
전 화_ 02) 595-4621, 010-6722-4621
팩 스_ 050-4227-4621
이메일_ flyhun9@naver.com
홈페이지_ www.dohun.kr

ISBN_ 979-11-92346-78-6 03810
정가_ 13,000원

본 도서는 충청남도, 충남문화관광재단의 후원으로
발간되었습니다.